花ものがたり

童話集

久保 秋子

文芸社

もくじ

モモ

女の子のおうちのにわに、モモの花《はな》がさきました。女の子はモモの木の枝《えだ》に、ちいさなブランコをかけました。

ブランコに、コビトさんをのせて、

「お花見《はなみ》をしましょ」

といいました。

ちいさなブランコは、ちいさくゆれていました。

そのよる、女の子はコビトさんのこえをききました。

「ブランコが、おっこちそうでーす……」

目がさめて、女の子は大いそぎで、ブランコをしらべにいきました。

「ごめんなさい！　わたしチョウムスビがじょうずにできなかったから……ほどけそうになってたの……こんどはカタムスビにしたから、だいじょうぶよ」

ブランコはあんしんして、大きくゆれました。

モモの花が一まい、女の子のオカッパにとまりました。

「ハナビラがオカッパに！」

コビトさんがいいましたが、女の子はきがつきません。

コビトさんはニコッ！　としました。

コビトさんのボウシにも、モモの花が一まい、とまりました。

「おボウシにハナビラが……」

と、女の子がニッコリして、いいました。
春かぜがふいてきて、花びらがとびました。
「アーッ!」
と女の子が、コビトさんの花びらを、目でおいかけました。
コビトさんは、女の子の花びらを、目でおいかけました。
二まいの花びらは、なかよく青空にのぼってゆきました。

バラ

「おかあさん！　このバラのお花、てじなしさんがさかせてくれたの？」

と女の子がいいました。

女の子は、ゆうべおかあさんといっしょにみたテレビのことを、おもいだしていました。

てじなしさんが、ボウシから、たくさんの花をパアッ！と、さかせたのでした。

「ほんとに、そんなきがするわねえ。でもこのバラは、てじなしさんじゃなくて、かみさまがさかせてくださったのよ」

「じゃあ、てじなしさんとかみさまは、おんなじね？」

「いいえ、てじなしさんは、わたしたちとおなじにんげんだから、目にみえるでしょ。でも、かみさまは、だれにもみえなくて、大きい大きいかたなのよ」

「このくらい、大きいの？」

女の子は、りょうてをいっぱいにひろげていいました。

「もっともっと大きいの、あのお空のように……。それでね、みえないけど、せかいじゅう、どこにでもいらっしゃるのよ」

「？」

「むずかしいわね。あなたが、もうすこし大きくなったら、

かみさまのおはなしをしてあげましょうね」

女の子はうなずいて、それからバラの花にホッペをよせて、いいました。

「かみさま、ありがとう」

アマリリス

女の子が、アマリリスをたいせつにそだてていました。

はっぱのあいだから、くきが二本、スイスイのびて、つぼみが三つずつついていました。

かぜのつよいあさ、アマリリスのくきが不安《ふあん》そうにゆれていました。

女の子はボウを一本たてて、二本の花をしっかりゆわえてあげました。


つぼみがふくらんで、あるあさ一つめがひらきました。

「さいた！」

女の子が手をたたきました。

つぎの日に二つめ、そのつぎの日に三つめ、そうして六つの花がさきそろいました。

「アマリリスさんたち、とってもきれい！」

と女の子がいいました。

そよかぜがふいてきたとき、女の子はちいさなこえをききました。

「チョット、キュウクツネ……」

「ノビガデキナイワ……」

女の子はボウを二本にして、一本ずつはなしてゆわえてあげました。

「これでいい？」

と女の子がききました。

「アリガトウ……」

アマリリスがうれしそうにうなずきました。

そよかぜがやさしく、とおりすぎてゆきました。

ラバテラ

女の子のおうちがひっこす日になりました。

大きなトラックがきて、にもつがいっぱいつみこまれました。

おかあさんがラバテラの枝《えだ》を、チョキン、チョキンと切《き》っていました。

「アーア！」

女の子はためいきをつきました。

「どうして切ってしまうの？　かわいそう……」

「これ、すてるんじゃないのよ。こんどのおうちでそだてるの」

「えっ？」

「さし芽《め》をするのよ」

おかあさんはそういいながら、切った枝をていねいにつつんでいました。


あたらしいおうちについてすぐ、おかあさんはラバテラの枝をにわの土にさしていました。

それから何日か、たちました。

あるあさ、にわからおかあさんのこえがきこえました。

「きてごらん！　ラバテラのお花が一つ、さいてるわ」

女の子はおおいそぎでにわに出ました。

まえのおうちのラバテラとおなじ、白い花がさいていました。

「おかあさん！　まほうつかいになったみたい……」

と女の子がいいました。

あじさい

雨がふりつづいていました。

まどから青空をみていたサトシがつぶやきました。

「青空はどこへいってしまったのかなあ……」

つぎの日、サトシはおかあさんとおでかけをすることになりました。

サトシはいそいそとながぐつをはきました。……水たまりの中で、パシャッ！　とやろうかな……と、ワクワクしながら……。

すると、おかあさんがいいました。

「パシャッ！　とやっちゃだめよ。人にめいわくがかかるからね。おかあさんも、いやよ」

――あれ？　おかあさん、どうしてぼくのおもったこと、わかったんだろ？――

と、サトシはおもいました。

「だあれもいなかったら、いいんでしょ？」

「だめなのよ。人がいなくても、よそのおうちのかべやお花をよごすからね」

サトシはちょっとがっかりしました。

――水たまりの中をあるくだけではつまんないなあ――

大どおりをよこぎって、こみちをあるいていくと、

「あっ！　あの水たまりに青空があるよ！」

と、サトシがふいにかけだしました。

「ほんとう！」

といいながら、おかあさんもいそぎました。

水たまりをのぞきこんで、

「あれ？　またどこかへいってしまった！」

と、サトシがいいました。

みまわしてみると、うしろに青空がひとかたまりになっていました。

「ここにきていたのか！」

「これこれ、サトシ！　そんなにかさをかたむけると、ぬれるわよ！」

と、おかあさんがいいました。

……ぼく、青空をみつけたのに……

サトシは、口をちょっととがらせました。


「あら！　このお花がいま、青空いろのなみだをこぼしたわ。みた？」

「ううん、みなかった」

「じゃあ、このお花の、このあたりをじっとみていてごらん」

青空いろのちいさなつぶが、二つ、三つ、あつまってぽろり、とおちました。

サトシがにっこりとおかあさんをみあげました。

おかあさんの大きなかさが、サトシの上に広がっていました。

サトシはもういちど、にっこりして、おかあさんの顔《かお》をみました。

おかあさんがほほえみながら、うなずきました。

青空いろのなみだをおとしたのはあじさいの花でした。

のうぜんかずら

ユキ子のおうちのとなりに、外国人《がいこくじん》のふうふがひっこしてきました。

「『カナダからきました』と、ごあいさつにみえたわ。エリーナさんとおっしゃるんですって……」

と、おかあさんがおしえてくれました。

ある日、ユキ子が学校《がっこう》からかえってくると、となりのげんかんに立っていたエリーナさんがニッコリしていいました。

「ユキ子サンデスネ。オハナ、アリガトウ」

「おはな？」

ユキ子が首《くび》をかしげると、

「ミニキテクダサイ」

エリーナさんが、ユキ子の手をとって、にわにあんないしてくれました。

「ホラ、キレイデショ？　ユキ子サンノオニワノハナガ、ワタシノニワニキテ、『コンニチハ』ト、サキマシタ」

のうぜんかずらが、いけがきをこえて、となりのにわでさいていました。

「コビトガアツマッテ、トランペットヲ、フイテイルミタイデスネ」

エリーナさんがいいました。それから、

「チョットマッテクダサイネ」

といって、おくのへやから、かみづつみをもってきて、

「ドウゾ！」

と、手わたしてくれました。

「ありがとう！」

「アケテミテクダサイ」

かみづつみをあけてみると、キャンディがたくさんはいっていました。

キャンディは、のうぜんかずらとおなじオレンジいろをしていました。

ユキ子とエリーナさんは、顔をみあわせて、ニッコリしました。

タンポポ

野原《のはら》にタンポポがさいていました。

タンポポは一日中じっとお日さまをみつめていました。

ハチがなんどもセカセカとんできて、ミツをくださいといいます。

「あなたはどうして、いつもいそがしそうなの？」

「ミツをたくさんあつめなくちゃならんからだよ。ぼくにはミツがいちばん大切《たいせつ》なものなんだ……きのうミツをさがしに山のむこうへ行ってみたんだ。にぎやかな町《まち》があって、ミツのにおいがいっぱいの店《みせ》をみつけたのさ……。はいっていくと、にんげんがキャーッ！　と、おおさわぎして、おいだされてしまった。こんどはようくみて、人がいないときに行くんだ……」

「あなたはどこへでもとんで行けて、いいですね」

「きみも、そのうちにとべるようになるさ」

ハチがセカセカとんで行きました。

「しんじられないけど、もし、わたしもとべたら、大切なものをさがしに行こう」

と、タンポポはおもいました。

けれどそのうちタンポポは、お日さまをみつめているのがつらくなって、からだをとじてしまいました。

ある日、タンポポはウキウキしたきぶんになって目をあけました。

「あっ！　はねができてる……からだがかるーい！　これ、とべるってこと？　オヤオヤきょうだいたちも、みんなはねをつけている……」

おりからかぜがふいてきて、タンポポはフワリとうきあがりました。きょうだいたちもフワーリ、フワーリ……。

「さあ！　大切なものをさがしに行こう……」

ところが、タンポポは気がつきました。

「かぜにつれて行かれる……わたし、あちらへ行ってみたいのに……」

きょうだいたちも、あちこちにとばされて行きました。

一人ぼっちでとばされていたタンポポは、木の枝にひっかかってしまいました。

「たすけて！」

といっても、だあれもいません。

やっとつぎのかぜがふいてきて、タンポポはとばされたのですが……じぶんでとべないということは、なんとかなしいことなのでしょう……。

右にとばされ、左にとばされ、不安が大きくなって行くばかりでした。

ようやくタンポポがおちたのは、谷川《たにがわ》の流れの上でした。

はねがビショビショで、もうかぜにはとばされないけど……谷川の流れは、かぜよりもはやいのでした。

きしにぶつかり、石にぶつかり、うずにまきこまれ、たきつぼにまっさかさま……。

つらいことがつづいたあげく、はげしく岩《いわ》にぶつかって、しぶきといっしょに、とおくへとばされてしまいました。

「アー、もうだめ！」

タンポポはつかれはてて、目をとじました。

そのとき、なつかしいにおいがしました。こころやすまる、あたたかいにおいでした。

土だ！　と気《き》がつきました。

「アー、わたしのいちばん大切なものは、これだった……かぜや水が、わたしをしあわせなところにはこんでくれた……ありがとう、ありがとう！　ところで、きょうだいたちは？　どこでどうしているかしら……」

町の大どおりで、車にひかれてしまったり、海《うみ》にしずんでしまったり……土の上におりられなかったふしあわせなきょうだいが、たくさんいることを、タンポポはなにもしらないまま、ねむりにおちて行きました。

春がきて、川のほとりにタンポポの芽《め》がでていました。

サンゴ

海の底《そこ》に魚《さかな》の親子がすんでいました。

海の底は、くらくてさびしいところで、アンコウぐらいしかすんでいません。

アンコウのおばさんは、

「あたしはこういう海の底が好《す》きなんだけどね、あんたがたにはいやなところでしょう？　どうしてこんなところにきたの？」

と、いいました。

おかあさんは、よわよわしいこえでこたえました。

「わたしは、ずっとサンゴの林にすんでいたのですが、びょうきでおよげなくなって、ここにしずんできました。この子はここで生まれたのですけど、わたしが死《し》んだらサンゴの林に行かせたいのです。それまでよろしくおねがいします」

「おきのどくねえ。たべものはわたしがもってきてあげましょう」

アンコウのおばさんは、こわそうな顔をしていますが、心はとてもやさしいのでした。

それから何日かすぎました。

ちいさい魚は、おかあさんのまわりをスイスイおよぎまわるようになりました。

「おかあさん、見て見て！　ぼくこんなにおよげるようになったよ。おかあさんのほしいもの、なんでもとってきてあげるよ。」

「ありがとう。でも、おかあさんはなにもほしいものがないの……もういちどげんきになって、ぼうやといっしょにサンゴの林にもどって、青空を見たいだけなの……」

「サンゴの林？　青空？」

ちいさい魚は首《くび》をかしげました。

「サンゴの林ってどんなところ？」

「きれいな色のサンゴや、いろいろなかたちをしたサンゴがいっぱいあってね、そこから美しい青空が見えるのよ。魚たちもたくさんいて、楽《たの》しいところなの」

おかあさんは、ひとときしあわせそうでしたが、すぐに顔がくもりました。

「おかあさんはもう、げんきにはなれないわ」

「おかあさん、そんなこといわないで！　ぼくがサンゴをとってきてあげる。サンゴを見たらおかあさんはきっと、げんきになれるから……」

「ありがとう。でもね、サンゴは生きているから、とれないのよ」

「じゃあ、青空をとってきてあげる」

「青空もずっと上のほうにあって、とれるものじゃないわ」

「こまったなあ……それじゃ、サンゴと青空とを、よく見

てきて、おはなしをいっぱいしてあげる」

おかあさんは、一人で行くというちいさいぼうやのことが、しんぱいでなりませんでしたが、――わたしが死んでから、この子がしっかり生きていくために、今、一人で行かせてみよう――とかんがえて、けっしんをしました。

「それじゃ、サンゴの林へ行っておいで。かあさんが死んだら、ぼうやはそこへ行くのがいちばんいいんだから、よく見てくるのよ」

「おかあさん、死なないで！　ぼく、一人ぼっちになるのいやだ！」

「ぼうや、かあさんはね、死んでも、心はぼうやの中にはいっていくの。だから一人ぼっちじゃないの。いつでもおかあさんといっしょなのよ」

「うん」

「それから、大切なはなしがあるの。青空をよく見ようとして水の上にあたまをだしてはいけませんよ。カモメというこわい鳥《とり》につかまって、たべられてしまうからね。わかった？」

「うん、わかった」

「じゃあ、ぼうやがかえってくるまで、おかあさんは死なないでまってるからね」

「きっとだよ！」

ちいさい魚は、おかあさんにおしえられた道をいっしょうけんめいおよいで行きました。

海《かい》そうの森《もり》をすぎると、きゅうにあかるくなってきて、いろいろな魚にであいました。

大きな魚ににらまれ、あわてて小魚のむれにまよいこむと、

「じゃまだなあ……どいてどいて」

といわれて、また大あわて……。オロオロしていると、

「きみ！　ウロウロして、どうしたんだい？」

と、こえをかけてくれたしんせつな魚がいました。

「サンゴの林がわからないんです」

「ああ、そこならぼくがいつもあそびに行くところだよ。おしえてやるよ、ついておいで……」

「ありがとう！」

ちいさい魚はしんせつな魚のあとを、ついて行きました。

「ほら、ここだよ」

「きれいだなあ！　これがサンゴ？」

「きみ、サンゴをしらなかったの？　どこからきたんだい」

「海の底から……」

「海の底？　さびしいところだろう？　だったらここでいっしょにくらそうよ」

「ありがとう。でもだいじなしごとがあるんだよ、びょうきのかあさんがまってるんだ」

「かわいそうなんだな……じゃあ、しごとがすんだら、ここにおいでよ」

「ありがとう！」

しんせつな魚とわかれて、ちいさい魚はサンゴを見てまわりました。

赤いサンゴは、ひときわ大きくて目がさめるような美しさでした。黄色のサンゴも美しい……もも色のサンゴも美しい……黒いサンゴだって、いろいろなかたちがおもしろい……。

「おかあさんがこれをもういちど見たいっていってたんだなあ。それから青空だ……」

とおりかかった魚にききました。

「おしえてください！　青空はどこ？」

「あら！　青空をしらないの？　上をみてごらんなさいな。青いでしょ？　あれですよ」

「ああ、あれが青空？」

「あなたはどこからきたの？」

「海の底から……」

「……それで、青空をしらなかったのね。そんなところにすむのはやめて、ここでいっしょにくらしませんか？」

「ありがとう。でもびょうきのおかあさんが、まっているんです」

「それはきのどくねえ。じゃあ、いつかまたあいましょう」

ちいさい魚は、青空をよく見ようと、海の上ぎりぎりまでのぼって行きました。おかあさんのいいつけはちゃんとおぼえていました。

「でも……」

と、かんがえました。サンゴと青空をもういちど見たい、というおかあさんには、おはなしよりもおみやげのほうがいいにきまってる。水の上はあぶない……でも……青空をおみやげにできないものかなぁ。カモメさえいなければいいんだろう。

ちいさい魚は青空を見まわしました。

カモメはどこにもいませんでした。

「よし、いまだ！」

ちいさい魚はピョン！　と水の上にとびあがりました。

青空にとどきません。

「もういちど！」

と、ちからいっぱいとびあがりましたが、とどきません。

「よーし、こんどこそ！」

そのとき、大きなものがおそいかかってきて、ガバッ！

とつかまってしまいました。

「しまった！」

カモメにつかまって、ちいさい魚はぐんぐんはこばれて行きました。

「おかあさあん！　たすけてえ！」

けれどそれはとてもムリだ……とさとって、ちいさい魚はガックリうなだれました。

そしてかんがえました。

「そうだ！　カモメにたのんでみよう……。カモメさん！　ぼくの最後《さいご》のねがいをきいてください！　青空をひとかけらほしいのです」

「なに？　青空をほしいって？　バカなやつだ」

カモメは、おなかの中で笑《わら》いました。

「ぴょうきのおかあさんに、もって行ってあげたいのです……」

カモメは、笑いをこらえました。

「ぼくのせなかにのるだけの、ほんのちょっとでいいのです。おかあさんにあげたらすぐにもどってきますから、それからぼくをたべてください。どうか青空を取ってくださ い。おねがいです……」

「ワッハッハッハ！」

カモメはとうとうこらえきれずに、大口をあけて笑ってしまいました。

カモメの口からのがれて、ちいさい魚はスィーッ……と海におちていきました。

「たすかった！　こわかったなあ……はやくおかあさんのところへかえりたい……。でも……ここはどこ？」

とおりかかった魚にききました。

「サンゴの林はどこですか？」

「サンゴの林はあちこちにあるんだよ。そういわれてもこまるなあ……」

「大きな赤いサンゴがあるところです」

「ああ、わかったよ。ついておいで！」

「ありがとう！」

「ほら、ここだろう？」

「ありがとう、ここからは一人でかえれます」

ちいさい魚は大いそぎで、かえってきました。


「おかあさん、ただいま！」

おかあさんはゆっくりと目をうごかして、ちいさい魚を見ました。

「青空……ぼうやが……？」

と、つぶやきました。

「ちがうんだよ、ぼく、しっぱいしちゃったの……ごめんなさい」

けれどおかあさんはもうこたえてくれません。それきりうごかなくなってしまいました。

「おかあさん、おかあさん！　死んじゃったらいやだあ。はなしがいっぱいあるんだよー」

ちいさい魚はなきました。


アンコウのおばさんがいいました。

「もうなかないで……おかあさんはね、あなたが青空とおなじ色になったのを見て、しあわせな心で死んでいったのですよ」

「えっ！　ぼくが青空とおなじ色に？」

「そう。あなたが青空いろの魚になっているのですよ。さあ、サンゴの林へお行きなさいな。それがおかあさんのねがいだったのですから。サンゴも魚たちも、青い魚をよろこんでむかえてくれるでしょう」

ちいさい魚は、なぜじぶんが青空いろの魚になっているのか、しんじられませんでした。

チューリップ

マルチーズという白くてちいさな犬が、サッちゃんの家《いえ》にもらわれてきました。

サッちゃんはマルチーズをだいて、大よろこびです。

「わたしのぬいぐるみとそっくり！　ぬいぐるみのなまえがシロだから、この子はチロってよびたいな」

それでチロというなまえになりました。

サッちゃんは、チロをすっかり気にいって、ごはんをやったり、お手や、おすわりはもちろん、いろいろおしえて、さんぽのかかりもすることになりました。

一年生のサッちゃんと、ちいさいチロは、ちょうどよいさんぽ相手《あいて》になりました。

サッちゃんの好きなさんぽ道《みち》は、ちかくの公園《こうえん》でした。

公園にチューリップがたくさんさいていたときのことでした。

チューリップの前でサッちゃんが立ちどまりました。

「きれいねえ！」

チロはチューリップを下からみあげているだけなので、ケロッとしていました。

ところがある日、白いチューリップをみあげていたチロが、ふいにさわぎました。

「サッチャン！　チューリップノナカデ、ナニカガ、ウゴイタヨウ」

でも、サッちゃんにはチロのことばがわかりません。サッちゃんはいいました。

「どうしたの？　チロ、きれいなお花にほえるなんて」


つぎの日、白いチューリップの下にきたとき、チロはまたさわぎました。

「サッチャン！　ダキアゲテヨ。コノハナノナカヲミタインダ」

「おかしいなあ。チロまたチューリップにほえたてて……。きれい！　っていってんの？」

「チガイマス。ダキアゲテチューリップノナカヲミセテクダサイ！」

すると、サッちゃんがだきあげてくれました。

「ヨカッタ！　ボクノコトバワカッテクレタ」

とチロは思いました。ところがそうではありません。サッちゃんはさっさととおりすぎてしまいました。


つぎの日、サッちゃんはべつの道を行きました。

「チューリップノトコロヘイコウヨ」

と、チロはサッちゃんをひっぱったのですが、やっぱりだめでした。

チロは、とぼとぼとサッちゃんのあとをついてあるいていました。

「オイ！　ソコノチビクン、アブナイカラドイテ、ドイテ！」

大きな犬があらわれて、ふといこえがとんできました。

「コワイヨウー」

と、チロがふるえると、サッちゃんがいそいでだきあげてくれました。

大きな犬が男《おとこ》の人をグイグイひっぱりながら、大どおりいっぱいにとおりすぎて行きました。

「イイナア。ボクモアンナニ、オオキクナリタイナア」

と、チロはつぶやきました。

ある日、サッちゃんとチロが公園の中の林の道をさんぽしていました。

ふしぎなにおいがしました。

「イッテミヨウヨ……フシギナイイニオイガスルヨ、コッチノホウ……」

「チロ、そんなにひっぱらないでよ」

と、サッちゃんがいいましたが、

「キョウハ、マケラレナイ！」

と、チロががんばって、やっと、いいにおいのところにたどりつきました。

いいにおいのするものは、おちばの下からまるいあたまをだしていました。

チロはいきなり、パクリとたべてしまいました。

「だめ！　おあがりっていってないでしょ。わるいものだったら、死んでしまうのよ」

サッちゃんがあわててチロの口をあけてみましたが、もうなにも、のこっていませんでした。

「ゴメンナサイ！」

チロがちいさくなって、あやまりました。

サッちゃんはチロをだきあげて、大いそぎで家にかえりました。

「おかあさん、たいへん！　チロったら、林の中でへんなものをたべちゃったの。おちばの中からのぞいてた茶《ちゃ》色のまるいもの……」

「キノコかな？　もしどくキノコだったらたいへんだけど……だいじょうぶよ、チロはたべていいものか、わるいものか、ちゃんとかぎわけるわ……犬はみんな、わたしたちにんげんより、なんばいもよくきくはなをもってるのよ」

「じゃあ、あんしんね」

でも、チロはあんしんではありません。

——アンナニ、オオイソギデタベルンジャナカッタ——

いったいチロはどうしたのでしょう。いつもぎょうぎよくおあずけできるのに。

夜になりました。

チロはねむらずに、小屋を出たりはいったりしていました。からだじゅうがムズムズして、じっとしていられません。


〝シヌノカモシレナイナ〟

あたりはシーンとしています。お月さまが出てきました。

「タスケテクダサーイ！」

と、チロはお月さまに向《む》かってさけびました。


顔を下に向けると、そこに大きな犬のかげがありました。

「オヤ？　コレハダレ？」

かた手をあげてみると、
大きな犬のかげもかた手をあげました。

こんどはとびはねてみました。

大きな犬のかげもとびはねました。

「ワカッタ！　コレハボクノカゲダ。ボクハオオナキイヌニ、ナッタンダ！」

にわをとりかこむフェンスが、ひくく見えました。

門のわきのイケガキもひくく見えました。

フェンスもイケガキも、かるくとびこえられました。

「ヤッター！　ドコヘデモイケルゾ……チューリップダ、チューリップダ！」

チロはまっしぐらに公園へかけていきました。

公園のチューリップがお月さまにてらされて、かがやいていました。

チロはまっ先に、あのチューリップをのぞきました。

「ナンニモイナイ！」

右のチューリップをのぞいてみました。

「ナンニモイナイ！」

左のチューリップも、その向こうのチューリップも……。

がっかりして、チロはその場《ば》にへたばりこんでしまいました。

目の前に、チューリップのかげがありました。チロはそのかげがだんだんみじかくなって行くのをボーッとみていました。

かげがなくなったとき、どこかで笛《ふえ》がなりました。

「オヤ？」

顔をあげると、チューリップから、ちいさなとんがりボウシのあたまがのぞいていました。

右のチューリップからも……、
左のチューリップからも……、
それはいつか、チロがサッちゃんの本をのぞいていたとき、

「これはようせいっていうのよ、かわいいでしょ？」

と、サッちゃんがおしえてくれた、あのようせいとおな

じでした。

びっくりしたチロは、

〝ヨウセイタチヲオドロカセテハイケナイ。ネテイルフリヲシヨウ〟

と、おもいました。


チューリップからとびおりてきたようせいたちは、あつまってそうだんをはじめました。

それからチロにちかよってきて、しっぽや、あしや、おなかをさわりました。

チロがねたふりをつづけていると、ようせいたちはうなずきあって、チロのまわりにぐるりとわをつくりました。

そしておどりはじめました。

楽しそうなおどりをみているうちに、チロはがまんできなくなって、耳をピクリとうごかしてしまいました。するとまた笛がなりました。

ようせいたちは、あわててチューリップにもどって行きました。

それはみじかいような、ながいような、ふしぎなじかんでした。


気がつくと、夜あけになっていました。

「タイヘンダ！」

チロは家へいちもくさんにはしりました。

門の前《まえ》に、サッちゃんとおとうさん、おかあさんが立っていました。

「チロ！　どこへ行ってたの？」

サッちゃんがチロをだきしめて、なきだしました。

サッちゃんのなみだがひとつぶ、頭《あたま》におちて、チロはブルッ！　とふるえました。

「ゴメンナサイ！　ボク、ワルイコトシタノデスカ、ヨクワカリマセン……」

チロは、サッちゃんのむねに顔をうずめていいました。

その日から、チロは、さんぽのときだけではなく、夜もつながれることになりました。


ある日、小道をさんぽしていると、目の前に大きな犬がねそべっていました。

前にみた、あの犬でした。

サッちゃんが、すばやくチロをだきあげました。

すると、大きな犬につきそっていた女の人が、はなしかけてきました。

「こんにちは！　あなたたち、いつもこの小道をさんぽしているの？」

「はい！　この子が大きな犬をこわがりますので……」

「じゃあ、この犬をみてびっくりしたでしょ？　この犬、ケン太っていうんですけど、こわそうにみえても、気はとってもやさしいのよ。こわがらないでね」

「はい！」

「わたしね、おとうさんのかわりにはじめてさんぽにつれてきたの。そしたらケン太がこんなところにすわりこんじゃって、こまっているの……。小道はいや！　って、だだをこねているのかもね。わたしには犬のきもちがわからないんだけど……」

と、女の人がいいました。


「ケンタクンハ、オンナノヒトヲヒッパルノヲエンリョシテ、チョット、ユックリイコウトスワリコンデミタンダトオモイマス」

そういってチロがケン太をみると、目があいました。

「コワクナイヨ。ダッテボク、オオキナイヌニナッタコトガアルンダカラ……」

「ナンダッテ？」

ケン太がふしぎそうな顔をしてチロにいいました。

「ケンタクン！　タチアガッテゴランヨ。キット、オオドオリヘユケルヨ」

「ワカッタ！　タツコトニスルヨ」

「ソレカラ、コレハヒミツノコトダケド、チューリップノナカニ、ヨウセイガイルンダヨ。ボク、ミタンダ！」

「ホントウカイ？　イツカノゾイテミルヨ」

「あら！　ケン太が立ちあがったわ。あなたのちいさい犬のおかげみたいね。ありがとう。わたしたち、大どおりのほうへ行きます。じゃあ、いつかまた、あいましょうね」

女の人とケン太は大どおりのほうへ行きました。

「チロ！　わたしたちもかえりましょ」

「サッチャン！　コノツギカラハ、オオキナイヌニデアッテモ、コワガリマセンヨ」

チロがいいましたが、サッちゃんは、まだ犬のことばがわからないのでした。

公園のチューリップが、みんなちってしまいました。ようせいたちは、どこへ行ったのでしょう。

マンリョウ

にわの植木《うえき》に初雪《はつゆき》がうっすらつもると、雪国《ゆきぐに》のながい冬《ふゆ》がはじまります。

　雪がふりつづくと、やがて植木は白いきょじんや白いどうぶつにへんしんして行きます。

　きょじんの足もとでマンリョウも雪をかぶっていました。マンリョウには冬のさむさからまもるために、ワラのマントがきせてありました。雪がつもると子どものように見えるのでした。

　母がぼくのちいさくなったボウシをその上にかぶせて、

「ほら、雪ん子になった。赤い手ぶくろをはめたゆびが、ちょっとのぞいているのが、かわいいでしょ」

　といいました。

「雪ん子って何？」

と、きくと、母はこんな話《はなし》をしてくれました。

「子どもたちがワイワイと雪あそびをしているときにね、いつのまにか、みしらぬ子がいっしょにあそんでるの。そのうちにだれかが気がついて、『おまえどこの子だ？』とか『どこからきた？』とかいい出すと、その子はサーッときえてしまうの……雪あそびのときにだけあらわれる子だから、雪ん子というんだって、とおばあちゃんにきいたの。おばあちゃんもちいさいとき、おばあちゃんのおばあちゃ

んからきいたんだって……」
「ふーん、雪ん子かあ……」
と、そのときぼくはかるいきもちできいていたのでした。

にわに雪ん子が立っている季節《きせつ》、ぼくたちのあそび場《ば》は、うら山の牛の放牧場《ほうぼくじょう》でした。牛は冬のあいだ牧舎《ぼくしゃ》の中にはいっているので、広い放牧場は雪あそびの天国でした。

ぼくたちはふるい木箱《きばこ》やダンボール箱を利用して、ソリを作りました。

ぼくのはリンゴ箱のうらに二まいの板切れをはりつけただけでしたが、板切れに工夫をすると、よくすべって、だれにも負《ま》けないソリになりました。

その日ぼくはカゼをひいていました。母に、
「今日《きょう》はうちでおとなしくしてなさいよ、かぜを早くなおさないとね」
といわれて、しかたなく勉強《べんきょう》をしようかとつくえにむかいました。

ところが、うら山のほうから、かすかに雪あそびのこえがきこえてくると、もうがまんができなくなりました。

そこでぼくは、こっそりとソリをもちだして、うら山へ走りました。
「オーイ、タロウ!」
ぼくをみつけただれかがさけびました。ぼくはもうかぜ

なんかわすれて、ソリあそびの中にはいって行きました。

どのくらいすべっていたのか……。ふと、ぼくをおいこしてかぜのようにすべりおりていった子に気がつきました。

「おや、だれだ？　ぼくをおいこしていくなんて……」

と、つぶやいていると、下からあがってきたのは、ぼくよりちいさい女の子でした。

「きょうそうしようか」

ぼくはこえをかけました。

女の子はだまってうなずくと、かっこうのよい白いソリを、ぼくのリンゴ箱のよこにもってきました。洋服《ようふく》もボウシも白づくめの子でした。

「いいか？　よういドン！」

ぼくはひっしにすべりました。負《ま》けたくなかったのでした。女の子はよくすべります。ソリがよいのか？　からだがかるいからか？　などといろいろ思いながらなんどもすべりました。

しょうぶは五分《ごぶ》五分《ごぶ》でした。

「ぼくよりちいさい女の子なのに……手ごわいきょうそう相手ができたものだ……」

と、ドキドキして、ふと気がつくと、あたりにはだれもいなくなっていました。いつのまに、みんないなくなったのでしょう……。

アッ！　日がくれる……この子、どこへかえるんだろう……

「おまえ、どこからきたんだ？」

女の子は山のほうをゆびさしました。

「えっ？」

あんなほうにうちなんかない……と思うひまもなく、女の子はきえてしまいました。

「かぜのような子だ！」

と、あっけにとられたぼくは、どうしたのか、それからあとのきおくがモヤモヤとして……。

母がむかえにきてくれたのは、かすかにおぼえていますが、その夜みたおそろしいゆめの中で、女の子にたすけられたことのほうが、あざやかにおもいだせるのです。

牛のむれが、山の上からドッ！　ドッ！　ドッ！　とおしよせてくる……あぶない！　にげよう……足がうごかない……。助けて！　かあさあん……こえが出ない……どうしよう……たいへんだ！　そのとき、あの子があらわれて、たすけだしてくれた……

太郎！

太郎！

太郎！

どこからか母のこえが近づいてきました。

目をあけると母の顔が……。

おでこに母の手が……。

「よかった！　熱《ねつ》がさがったわ」

「かあさん！　牛は？　女の子は？」

「おやおや、まだユメがさめないの？　牛も女の子もいないわ、あんしんしなさい」

「牛のむれがおそってきて……」

「それでうなされてたのね」

「うごけないでいると、その子があらわれて、たすけてくれたんだ……その子というのは、白づくめの女の子で、ソリまで白かったよ。その子と放牧場でソリきょうそうしたんだ。ほんとうだよ。なんどもすべったんだもん……その子、ぼくよりちいさい女の子なのに、ぼくとおなじくらいよくすべるんだ。……山のほうに消えて行ったけど……どこの子だろ」

ぼくの話をだまってきいていた母がニッコリしていいました。

「その子、雪ん子よ」

「えっ？　雪ん子？」

「そうよ、まえに話した雪ん子よ……それでね……その子、うちのにわにかえってるわ」

「えっ？　にわの雪ん子が、あの子……うそだあ！」

「ねえ太郎、ゆめかほんとうかわからないようなふしぎなことがあってもいいとおもわない？　むかしかあさんね、おばあちゃんに雪ん子の話をきいたときは、そんなのうそ！　とおもったんだけどね、大きくなってから、うそじゃないかもしれないと、おもうようになったの……太郎の話をきいてて、かあさんは思い出してちょっと楽しくなったなあ……太郎は雪ん子とソリきょうそうをしたのよ。その雪ん子が、うちのにわの雪ん子なのよ……」

おかあさんはそういってゆめを見るような目をしました。

気分がよくなってから、ぼくはにわの雪ん子をみにいきました。

あの雪ん子とはだいぶちがうような気がしたけれど、

「また、きょうそうしような」

と、あくしゅをしようとしたら、雪がパラパラッ！　とおちて、まっ赤な実《み》がゆびのかずよりもたくさんあらわれました。


春がきて、その年の雪がすっかりきえました。

ある日、

「太郎！　ちょっときてごらん」

にわで母のこえがしました。

「ホラ！　マンリョウの花がさいてるわ」

少しみどりがかって目だたない白いちいさな花でした。

「この花が実になって、まっ赤に色づいたら、また雪がつもって、雪ん子になるわ……」

「そしたらまた、ソリきょうそうをする……」

ぼくはそういって、母と顔をみあわせて笑いました。


雪ん子はその後、放牧場にあらわれませんでした。

そして、ぼくは父のてんきんでとおくのまちにひっこすことになって、雪国でのくらしがおわりました。

でもぼくは、今でも雪ん子を信じていて、ソリきょうそうをしたいな、と思っています。

ハス

カッパたちは、川のほとりのヨシ原《わら》にすんでいました。カッパのからだはいつもぬれていて、おひさまの光《ひかり》によわいのでした。それでひるまはねむっていて、夜、月あかりでおよいだり魚をとったりして、にぎやかにくらしていました。

ある日、年をとったカッパが子どもたちにいいました。

「ニンゲンの子どもは、みんなガッコウへ行って、いっしょうけんめいベンキョウして、いろいろなことができるようになるんだよ。おまえたちもベンキョウせにゃいかんなあ！」

カッパの子どもたちが、さわぎました。

「おれたち、これで楽しいんだ。このまんまでいいんだよ」

「楽しいだけではだめなんだ。ベンキョウして、ドリョクして、シンポしなけりゃ……」

「ベンキョウ？　ドリョク？　シンポ？　そんなのおれたちにはかんけいないよ。な、みんな？」

「そうだ！」

「そうだ！」

その中で、ガータはだまってかんがえこんでいました。

——年よりの話は、よくきいたほうがいいんだ——

「オイ、ガータ！　なんでだまってる？」

「おれ、ガッコウというところでベンキョウしたい」

ガータがいいました。

「バーカだなあ、年よりのいうことをまにうけて……」

「カッパはむかしから、こうしてくらしてきたんだぜ。ベンキョウしたいなんて、わらっちゃうよ……」

みんなにバカにされてガータはまただまりこんでしまいました。


ある夜のこと、ガータはこっそりとヨシ原をぬけ出しました。

――おれ、ニンゲンの子どもも、ガッコウというものも、まだ見たことがない。見に行かなくちゃ――

月あかりの土手《どて》を、ガータはペタペタペタと村《むら》のほうへかけて行きました。

――夜あけまでに、よいかくれ場所《ばしょ》を見つけなくてはならん。ニンゲンからはみえなくて、おれからはニンゲンがよく見えるところ――

ガータが見つけたのは、ハス池《いけ》でした。

大きなハッパが、かくれ場所をつくっていました。

すぐそばの川に橋《はし》がかかっていました。

――おれたちは川をおよいでわたるけど、ニンゲンはあの上をとおって川をわたるんだな――

ガータはそうおもいながらハス池で夜あけをまつことに

しました。

ながーい夜でした。

ようやく夜があけはじめると、ガータはソワソワしました。……

とおくからげんきな声《こえ》がきこえてくると、むねがドキンドキンと音をたてました。

子どもたちが橋の上にやってきました。ガータは目をいっぱいに見ひらきました。

——おっどろいたなあ……ニンゲンの子どもは、はだかじゃないんだ！　あたまの上から足のさきまで、いっぱいつけている。あのせなかのものはなんだろう？　ベンキョウのどうぐが入っているのかな？　みんなが行くほうにガッコウがあるんだろうな。いいなあ。おれ、ニンゲンの子どもになりてえなあ。——

ガータは大きなためいきをつきました。

つぎの夜、ガータはガッコウをさがしに出かけました。

月の光にてらされた大きなたてものがありました。

そっとちかづいてみると、シーンとしてうごくものはなに一つありません。中をのぞいてみると、広いへやにつくえとイスがきちんとならんでいました。ガータにはつくえやイスという名前はわかりません。けれど子どもたちがこしかけて、ベンキョウするところらしいとわかるのでした。

「これはガッコウだ！」

ガータは目玉がとびだすほど、目をひらいて見てまわりました。

それから大いそぎでハス池にもどりました。

「ニンゲンの子どもは、あのガッコウで、どんなことをベンキョウするんだろう。おれもいっしょにベンキョウしたいよ」

と、ひとりごとをいいながらかんがえているうちに、ねむりこんでしまいました。なにしろハス池にきてから、ずーっとねむっていなかったからでした。


ガータはニンゲンの子どもとならんで、イスにこしかけている。

ここはガッコウだ。子どもたちはみんなベンキョウのどうぐをつくえにならべている。

おれだけは、なにもない……。

どうしよう、こまったなあ……。

子どもたちがさわぎはじめた。

「オイ！　おまえはカッパだろ？」

「カッパがなんでここにいるんだ？」

「ここはカッパのくるところじゃない！」

——ベンキョウシニキタンダ——といいたいが、声が出ない……。

「カッパは川へかえれ！」

「かえれ！」

「かえれ！」

と、大合唱《だいがっしょう》になってしまった。


あせがタラタラながれて、目がさめました。

「おれ、ニンゲンの子どもにきらわれてるんだろうか……」

かなしくなりました。

それでもガータは毎日、橋をとおる子どもたちをみつづけていました。


ハスの花が咲くころになりました。

子どもたちが川へおよぎにきました。

ガータは、川がよく見える岩かげにかくれ場所をうつしました。


ある日、一郎《いちろう》が妹《いもうと》のナツ子と川にやってきました。

しばらく川原《かわら》であそんでいるうちに、

「ナツ子！　おにいちゃんおよぎたくなったから、ちょっとおよいでくるけど、ここでまっててんだよ。川へはいっちゃいかんぞ……ここへシャツとボウシをおいとくからな……」

「うん、わかった」

しばらくして、一郎がこちらにむかっておよいできました。

「じょうずだなあ……おれとおなじくらいよくおよぐなあ……」

ガータがかんしんして見ていました。

「アッ！　ふかいところへやってきた。おれがゆうべ、およいだところだ……」

すると、ふいに一郎がもがきだして、おおごえをあげました。

「ナツ子！　とうちゃんをよんできてくれ！　おぼれるぅ……」

ナツ子がおどろいて、かけて行きました。

ガータはいそいで川にもぐり、一郎のうしろにそーっと近よりました。

とうちゃんとナツ子がかけつけてみると、一郎があさせにポカンと立っていました。

「どうしたというんじゃ！　ナツ子が『おにいちゃんがおぼれるぅ』、ていうもんだから、ぎょうてんしてかけつけたんじゃ……おまえがおぼれるなんて、うそだったんか？」

「おれ、足がつっぱって、ほんまにおぼれかけたんだ……」

「それが、どうしてここにいる？」

「だれかがうしろからたすけてくれたんだ。」

「うそつけ！　だあれもおらんぞ……」

「ほんとだもん」

「ひょっとして……カッパかな?」

「カッパ?」

「とうちゃんはみたことないけどな。この川のどこかにいるそうじゃ。わるいことをした話はきかんけど……一郎、ぶじでよかった。はよかえろ!」

とうちゃんがソワソワしています。

「ちょっとまって! シャツを着《き》るから……アッ! シャツがない……ボウシもない……」

「どこへおいたんだ?」

「ここへちゃんと……なあ、ナツ子!」

「うん」

「さては、カッパがさらって行ったか? いや、ながされか?……どっちでもよい。はよかえろ」

とうちゃんにせかされて、一郎とナツ子はかえって行きました。


それから何日かすぎて、あるゆうぐれのことでした。

一郎のいえであそんできたともだちが三人、ガヤガヤと橋をわたっていました。

「あれ! むこうを行くのは一郎じゃないか?」

「さきまわりして、おれたちをおどかそうとしてるんだ」

「おーい、一郎!」

一郎がふりむきもしないで行く……三人がおっかける…

……

「一郎、まてよ！」

「おい、みてみろ、足を……」

「うすぐらくて、ようわからんけど……あれは一郎じゃないな」

「あっ！　とびこんでしもた……」

「手をみたか？」

「へんだ！　あれはカッパじゃないか？」

「にげろ！」

「わーっ！」

ハス池にもどったガータは、しょんぼりしていました。

「おれはやっぱりニンゲンにきらわれてんだ……それに……シャツを着ても、ボウシをかぶっても、ニンゲンの子どもにはなれんのだ。これはどうしようもないことなんだ。おれ、もう、ニンゲンの子どもになりてえなんておもうことやめよう。なかまのところへかえって、年よりたちにたのむことにしよう。ヨシ原にカッパのガッコウをつくってくださいって」

それからガータは、こっそりかりた一郎のシャツとボウシをきちんとたたんで、もとのところへかえしました。

それから、いちばん大きくて、いちばんきれいなハスの花を、ボウシの上におきました。

「ありがとう、と字がかけなくてごめんよ。さようなら……」

「そのうちに、カッパのガッコウで字をならったら、テガミをかくからね」

ガータがつぶやきました。

なみだがポロポロポロッ！　とハスの花にこぼれました。

さくら

むかし、海の貝たちはおしゃべりが大好きでした。

春のある時期《じき》になると、なみうちぎわにあつまって、大さわぎをしました。

「むこうの山がまた、色をかえたぞ！」

「どうしてだろう？」

「まほうをかけられたんじゃないか？」

「いや、笑っているのよ」


「あれは、山に花がさいたんだよ」

といったのは、貝たちにものしりといわれている大きなホラ貝でした。

「花が咲いてるって？　どうしてわかるの？」

「カモメがはなしていた。カモメはとびまわれるから、何でもよくしってるんだ」

「おれたちも、とべたら見に行けるのになあ」

「それはむりだ！」

「それじゃ、あるいて見に行こう」

「それもむりだよ。おれたちのこののろい足では、山まで何日かかるかわからない……とても生きてはかえれないよ」

ホラ貝にそういわれて、貝たちはがっかりしました。それでもあきらめられません。

「なんとかしてみに行きたいものだ……」

「カモメにつかまって行こうか？」

「ふりおとされるよ」

「あの花を見に行けたら、死んでもいいわ」

とまでいいだす貝もいました。

「おやおや、そんなに見に行きたいのなら、かみさまにおねがいするより、しかたがないな」

ホラ貝がいいました。

「かみさまに？」

「そうだ、かみさまに足をくださいと、おねがいするんだよ」

「足？」

「よくあるける二本の足だよ」

「それはいいな。おねがいに行きましょう。かみさまはどこにいらっしゃるの？」

「この海の、いちばん大きな岩の中にいらっしゃるんだ」

こうして、みんなでかみさまのところへ行きました。

「かみさま、どうかわたしたちに、二本の足をください。山に咲いたきれいな花をみに行きたいのです……」

「ウーン！」

かみさまは、じっとおかんがえになりました。それから、おっしゃいました。

「よし、わかった。おまえたちのねがいをかなえることにしよう。ただし、あしたの日の出から、日の入りまでのあいだだよ」

「もし、日の入りまでにかえれなかったら、どうなるのでしょうか?」

「足が消《き》えて、かえれなくなって、ひからびてしまう。それでもよいかな?」

「はい、わかりました。かならず日の入りまでにかえってきます」

「では、あしたの日の出をまつがよい」


やくそくはしましたが、その夜、貝たちはさわぎました。

「ちゃんとかえれるかしんぱいだなぁ」

「だいじょうぶさ。日の出から日の入りまでは、ずいぶんながいんだから……」

いつも日なたぼっこばかりしている貝がいいました。

「いいえ、あっというまに日はしずみますよ」

いつもいそがしくしている貝がいいました。

貝たちはこんらんしました。すると、ホラ貝がいいました。

「みちくさをしなければ、だいじょうぶさ。かみさまは、むりなことをおっしゃらないのだ」


つぎのあさ、貝たちは早くからなみうちぎわに出ていました。

いよいよ、日の出がはじまりました。すると、貝たちには、それぞれの大きさに合った二本の足ができました。

「ワーイ、足が二本だ……」

貝たちは、大よろこびしました。

ちいさいキセルは、しんぱいそうにホラ貝にいいました。

「わたしの足がいちばんちいさいわ！　みんなについて行けるでしょうか」

「だいじょうぶ。おくれたら、おんぶしてあげるから……。さあみんな、はじめて二本の足であるくんだ、ころばぬように行こう！」

ホラ貝は、たいしょうきどりでした。


貝たちはホラ貝をせんとうに、列《れつ》をつくって山にむかって行きました。


「いま、とおっていったのは何だろう……何もみえなかったけど……」

かぜのことを、そういいました。

「あれは何だろう。じょうずなうたをうたっている……」

小鳥《ことり》のさえずりを、ふしぎにおもいました。

貝たちは足をとめたくなるのをこらえて、いっしょうけんめいにあるきました。

「おーい！　山の下についたぞう……花がいっぱいだぁ……」

ホラ貝のこえがしました。

いそいで花の下にあつまった貝たちは、口をあんぐり……花にみとれて、それからおしゃべりをはじめました。

「花だ、花だ！」

「きれいだなぁ……」

「ゆめのようだ……」

「これで、もう死んでもいいわ」

そのとき、ヒラヒラと花びらがちってきました。

「あっ！　さんらんがはじまった」

するとホラ貝がわらいながらいいました。

「ちがう、ちがう、これは花がちってるんだ。さんごのさんらんとはちがうんだ。さあ、山の上へのぼろう……。花はまだまだ上までつづいているんだよ」


山の上にあつまった貝たちはいいました。

「花の上に立っているみたいだ！」

「むこうで、キラキラひかっているのは何？」

「われわれのすんでいる海だよ。いつも、あそこからこの山をみているんだ」

と、ホラ貝がいいました。

「なるほど……。これでやっと、なぞがとけた」

貝たちは花にみとれてしまいました。

ホラ貝までも、すっかり花に心をうばわれていました。

「あっ！　あれを見ろ！」

ホラ貝がさけびました。

お日さまが、かたむいていました。

貝たちは、ハッ！　と気がつきました。さあたいへん！

ホラ貝が、まっさきに山をかけおりて行きました。

おくれてはならん！　と貝たちもかえり道におしかけました。

おすな、おすなのおおさわぎの中で、とうとうマイマイがころびました。

マイマイはコロコロコロと谷におちました。

「たすけてくれ！」

マイマイのことを見ていた貝たちは、ちょっと足をとめましたが、

「たすけてやりたいけど、まにあわないよ！」

「ごめん！　かみさまにやくそくしたから……」

と、つぎつぎに行ってしまいました。

死んでもいいといった貝も、いそいで行ってしまいました。

マイマイはなきました。

「あーぁ、見すてられた。足も折《お》れてしまったし、おれはここでひとりひからびてしまうのか……さびしい！　おそろしい！」

「ないているのはだれ？」

とちいさなこえがしました。

キセルが、おくれてやってきたのでした。

「マイマイです！」

「どうしたんですか？」

「谷にころげおちて、足が折れて、……やっとここまではいあがってきました」

「それはおきのどく……さあ、わたしのせなかにつかまってください。いっしょにかえりましょう」

「そんなこと、とてもできません。わたしはあなたより、こんなに大きくて、おもいのですよ」

「かまいません。いっしょに、かえりましょう。なかまですもの」

キセルは、マイマイをおんぶしました。

マイマイのおもさに、キセルはおしつぶされそうでした。それでもキセルはあるきました。

「キセルさん！　ありがとう。もうおろしてください。わたしはあなたに出会えただけで、心がやすまりました。どうかわたしにかまわずに行ってください。あなたひとりでなら、まにあうとおもいます。なみのおとがちかいですから……」

けれど、キセルはマイマイをおぶったまま、だまってあるきつづけました。

とうとうお日さまがしずんでしまい、マイマイとキセルはたおれました。

ゆうやけの赤にそまったキセルが、いきをきらせていいました。

「ごめん、なさい……わたしの、足が、おそくて……」

「いいえ、とんでもありません。わたしのためにあなたまでかえれなくなってしまって……ごめんなさい！」

マイマイのなみだはとまらなくなりました。

海へかえった貝たちは、

「まにあった！」

「バンザーイ！」

と、よろこびあいました。

ところが、キセルとマイマイが、かえってこないことに気がついたとき、こえが出なくなりました。

貝たちは、足といっしょに、おしゃべりまでもうしなってしまいました。


ほら貝はなげきました。

——あの山の上で、おれまでがさくらのうつくしさに心をうばわれて、みんなをパニックにおとしいれたのだ。それにおれは、ちいさいキセルがおくれたときは、おんぶしてあげるとやくそくしたこともわすれて、いちもくさんに山をおりてきてしまった。キセルがどうなったのか？　マイマイがなぜかえってこないのか？　なぜみんな、おしゃべりができなくなったのか？　何にもわからないなんて……おれはものしりといわれていたのに……。はずかしくて、キセルよりも、もっともっと小さな貝になってしまいたい——

　ふしぎなことに、キセルとマイマイは、土の上で生きてゆける貝になっていました。

　それから、ながーいときがたちました。
キセルとマイマイの子孫《しそん》は、海のことは何にもしりません。でも、キセルは、今でもつかれをやすめているかのように、おちばの下でじっとしていますし、デンデンムシといわれるようになったマイマイは、なみだのあとをつけながら、あるきまわっています。

　あの山には、今もさくらがたくさん咲きます。でも、あの海には貝たちの声はなく、なみの音がするだけです。

カタクリ

一．出会い

五年生が終わった日のことであった。

ぼくが少しおそく家にかえってみると、おかあさんと妹のチエの姿《すがた》が見あたらない。玄関《げんかん》にはみなれぬ女の子のクツがあって、奥《おく》ざしきにお客さんのけはいがしていた。

「ただいまあ！」

大声をだすと、奥からチエがとび出してきた。

「おにいちゃん！　おそかったなあ……みんな待《ま》ってんの」

「だれ？」

クツをゆびさして小声できくと、チエがフフフッと笑って引っこんでしまった。

すると奥から、

「おかえり、タカシ！」

「タカシさん！　サヤがきたのや」

となりのおばちゃんだった。ほっとしてざしきにはいると、

「タカシさん、これがサヤ……。サヤちゃん、タカシさんや」

「こんにちは、サヤです」

女の子のながいオカッパの毛がさらりとたれた。前から

おばちゃんにきいていた、サヤちゃんであった。

となりのおばちゃんは、母より十歳《さい》くらい年が上で、早くから一人ぐらしをしていた。しんせきということもあって、家族《かぞく》のようにつきあっていた。

二、村の子に

その前年の秋のことだった。おばちゃんがあわただしくやってきて、

「えらいことや！　京都《きょうと》の妹がキトクだって……すぐ行ってくる……いつかえれるかわからんけど、よろしくね」

と、出かけていった。

おばちゃんの妹は、まもなく亡《な》くなった。それから何日かがすぎて、かえってきたおばちゃんは、おや？　と思うほどうれしそうな顔をしていた。

「よろこんだら死んだ妹にわるいんやけど……妹の子どもで、サヤという女の子をあずかることになったんよ、そのうちにわたしの子どもになってくれるかもしれんというの……」

とつぜんの話にみんなおどろいた。

それからのち、おばちゃんは、ぼくにサヤちゃんのことを、あれこれと話してくれた。

そのサヤちゃんがきたのだ。

「母に死なれて、まだ立ち直れてへんし、田舎《いなか》のこと何も知らへんし、あんたたちがたよりや、おねがいね」

「おばちゃん、まかしといて……」

チエはうきうきしていた。

そして、サヤちゃんは春休みのあいだに手つづきをすませて、村の子になった。

ある日サヤちゃんがながめのオカッパを二つにきりりとゆわえてやってきた。

「おばちゃんにゆわえてもらったの、これで村の子にみえる？」

「あっ！　ちがう子みたい……もうイチマさんみたいなんていわれへんわ」

とチエがいった。

村の人は市松人形のことを、イチマさんといっていた。

サヤちゃんとチエが村の道を歩いていたとき出会ったおばあさんに、

「やっぱり京都の子はちがうなあ……イチマさんみたいや」

といわれて、サヤちゃんが、

「いややわぁ！　わたし、村の子になれるかしら……」

と心配《しんぱい》したという。

新学年がはじまって、ぼくは六年生、サヤちゃんが五年生、チエが四年生になった。

始業式でサヤちゃんが紹介《しょうかい》されると、どよめきがおこった。転入生《てんにゅうせい》をむかえるのがはじめてであった上、京都から来た子というので、サヤちゃんはみんなの注目《ちゅうもく》をあびることになった。

三　メダカさん

そのころぼくは中学校の受験勉強《じゅけんべんきょう》でいそがしかった。

初夏《しょか》のある日曜日、チエがサヤちゃんと川あそびに行こうといい出した。

「わたし、およぎができんから……」

とサヤちゃんがしりごみをした。

「心配せんでもええ。わたしらの行く川には、およげるほどの深《ふか》いところがないし、魚すくいするだけや」

すると母が笑い顔でいった。

「タカシ、いっしょに行っておやり……かわいい女の子二人だけやと、ガータローにつかまるかもしれんから……」

「ガータローってだれ？」

サヤちゃんが不安な顔をした。

「ガータローってカッパのことや。心配せんでも、そんなもんおらへん。一人で川へ行かんようにと大人《おとな》がおどしにいうじょうだんや」

チエが笑いながらいった。

「もし、本当にいても、おにいちゃんがいてくれたら安心やから……」

母はそういって、ぼくが気ばらしに行くようにしてくれたのだろう。かわいい女の子、なんていっても五年生と四年生……一人はおてんばだ。ガータローはかくれてこっそり見るくらいしか、ようしないだろう……。

そんなわけで、いっしょに行くことになった。

サヤちゃんとチエが魚すくいのアミをかつぎ、バケツをさげて前を行く。

「どんな魚がいるの？」

「メダカとゴリと、ドジョウと……それから大きなサケ！」

「うそ！」

「が、いたらええな……と、本気にした？」

「本気にしそうになった……」

アハハハ……と楽しそうだった。


サヤちゃんが、おひめさまみたいにそーっと川を歩いていた。するとぐうぜん、メダカが一匹アミにはいった。

「とれた！」

と大よろこびしたサヤちゃんは、たちまち変身《へんしん》してチエにおとらぬあばれようとして、ゴリまですくいあげたのだった。

ここだ！　あっちだ！……気がつくと、ぼくもむちゅうになっていた。

「さあ、ひとやすみだ」

母が持たせてくれたおやつをたべ、お茶をのんでいると、おじいさんがとおりかかった。

「ホウ！……魚すくいかい？　何がとれた？」

「メダカとゴリと……エビとカニも……」

「アユがおったらええのにな。ちかごろおらんようになった……サヤちゃんという子やなあ？　田舎のくらしになれたかい？」

「さようなら！」

サヤちゃんがニッコリ、うなずいた。

「よかったな……、ほな、なかようあそびなはれや……」

おじいさんをみおくりながら、

「田舎の人ってええなあ……」

サヤちゃんが、こんなことに感心《かんしん》するのだった。

メダカがたくさんと、ハゼもとれて、ひとまずまんぞくしたぼくたちは、しばらくバケツをのぞきこんでいた。

「メダカさんたち、おうちへつれてかえるの？」

とサヤちゃんがいった。

「ううん……いつもはなしてかえるんよ。せまいところでおよいでるのを見るとかわいそうやし、ここですくうのが楽しいんやから」

チエがいうと
「田舎ってええなあ……」

サヤちゃんがまた感心するのだった。そしてメダカたちを川にはなしてやりながら、

「メダカさん！　ハゼさん！　おっかけまわしてごめんね」

といった。

「サヤちゃんって、やさしいなあ。わたしはこういうわ。

メダカさん！　ハゼくん！　またすくいにくるからね、それまでバイバイ！」

「ああ、楽しかった！」

というサヤちゃんは、鼻の頭を赤く日やけさせていた。

「おにいちゃんが来てくれて、よけい楽しかったな」

「チエちゃん！　また、つれてきてね」

「うん、いつでも……なあ、おにいちゃん？　そうや、おにいちゃんは中学生になったらメダカすくいなんかしないか……」

「そんなことないよ。君たちをガータローからまもらんならんから……」

「なーんていうて……やっぱりおにいちゃんもメダカすくい好きなんや」

「ふふふ……」

「サヤちゃん！　田舎の、こんなあそび好き？」

「うん、大好き！」

「よかった！」

ぼくも本当によかった、と思った。

四　お守り

夏休みがきた。

サヤちゃんはおばちゃんといっしょに、何日か京都へ行ってきた。かえってきてからサヤちゃんは、おばちゃんのことをおかあさん、とよぶようになっていた。

おばちゃんが大よろこびだった。京都で何かあったのか、と思っていると、サヤちゃんが話してくれた。

「おとうさんが、『あたらしいおかあさんが来たらもどってくるか？』っていったので、わたし、おばちゃんの子どもになろうって決めたの……ここにはタカシさんとチエちゃんがいるし、田舎が好きになれたし、それでけっしんができたの」

それから、サヤちゃんは北野の天満宮《てんまんぐう》へぼくの合格祈願《ごうかくきがん》に行って来たといってお守りをくれた。

五．ジェットコースター

夏休みの楽しみは、父のお盆《ぼん》休みにおばちゃんもいっしょにみんなで小旅行《りょこう》をすることだった。とくにその夏はサヤちゃんが加わって、にぎやかになった。ぼくは勉強がひとやすみで、うきうき気分だった。

遊園地《ゆうえんち》で母がいった。

「さあ、あんたたち、好きなものに乗《の》っておいで！」

するとサヤちゃんが、

「みんなでいっしょに乗りたいな」

という。チエも、

「それがええ！　そうしよう」

といった。すると、おばちゃんがメリーゴーランドに乗ってもいいといいだした。それじゃあ……と、父も母も乗るといい出した。父は、

「大人になってからはじめてだ……」

と、いいながらいそいそ乗りこんだ。

外まわりに子ども三人、内まわりに大人三人、二列の木《もく》馬《ば》がぶじにここちよくまわった。

つぎに観覧車《かんらんしゃ》に乗ることになった。高いところが大きらいな高所恐怖症《こうしょきょうふしょう》という母も、ためらいながらいっしょに乗りこんだ。ゴンドラは四人乗りで、先に女性四人が乗り、つぎに父とぼくが乗った。

母はよこにすわったサヤちゃんの手を、ずっとにぎりしめていたそうだ。

コーヒーカップがまわりだすと、母はキャーッといった。

それからミニ列車にみんなこしをおろすと、

「やれやれ、」

と安心のほほえみをうかべた。

「おばちゃん！　みんなで乗りたいなんていうたために、こわい目にあわせて、ごめんね」

サヤちゃんにそういわれて母はあわてて首をふった。

「いいの、いいの。心配しないで……いろいろ初体験《はったいけん》できてよかった。今までは見てばっかりやったから……」

「大人もいっしょに楽しむというのはよいことだよ」

と、父もいった。

ジェットコースターには、さすがにおばちゃんと母がしりごみして、四人で乗ることになった。

「こわいときは声をあげたほうがいいんだよ」

と父がいうと、

「かあさんみたいに？」

と笑ったチエは、本当に何度もキャーッ！　と大声をあげていた。

サヤちゃんは声も立てなかったが、降《お》りたときには、大きなため息をついた。

「こわかった！……ずっと目をつぶってたけど、うきあがったり、おしつけられたり……早くおわってほしかった」

「キャーッ！　というたらよかったんや、かあさんやわたしみたいに……」

とチエがいう。

「とうさんはキャーッ！　がいえへんから、しんぞうがとまるかと思うくらいこわかったよ。もうこりごりだ！」

きいていた母とおばちゃんは、

「乗らんでよかった。わたしたち気ぜつしたかもしれんな」

「ほんまに……」

と顔をみあわせて、うなずきあっていた。

「スリルをあじわえたのは、ぼくだけか？」

というと、サヤちゃんがようやく、ほほえんだ。

六、運動会

二学期になってまもなく、運動会《うんどうかい》の日のことだった。

サヤちゃんたち五年生の八十メートル走がはじまった。

サヤちゃんの番がきて、五人がスタート点に立った。

ヨーイ、ドン！　でとび出したとたんに、サヤちゃんがころびそうになった。

アーッ！　という声が、あちこちからきこえた。

サヤちゃんはよくこらえて立ち直り、四人のあとを追った。

「しっかり！」

「がんばれ！」

すごいかん声があがった。

そのあとのサヤちゃんの走りがすごかった。つぎつぎ三人に追いつき、追いこし、先頭《せんとう》の子にもう少し、というところで、おしくもゴール！　となったのだったが、サヤちゃんのがんばりに、みんなのはく手《しゅ》がなりやまなかった。

ぼくは感動《かんどう》して、はく手もわすれていた。

その夜の、夕食のときは、その話でもちきりだった。

「あのときはヒヤッ！　としたわ。どうしたん？」

とおばちゃんにきかれて、サヤちゃんは、きまりわるそうに首をふった。

「わからんの……」

「わたしびっくりぎょうてんした！　サヤちゃんがあんなに走れるなんて……三人ぬきやったもん……つまずいてなかったら、サヤちゃんがダントツの一番やったのになあ……」

とチエがざんねんがった。

「それでも、ころばんでよかった、よかった！」

と母がよろこんだ。

「そんなことがあったんか。サヤちゃん！　ようがんばったな、えらい！」

父はビールのコップをサヤちゃんのほうにさしだしてから、グイーッとのみほした。

サヤちゃんがニコニコしていた。

ぼくはサヤちゃんってふしぎな子だ、と思った。よわよわしく見えているのに……あんなに走れて……ひかえ目で、目立つのがきらいなのに人気がすごくて……。

ひるまのあの大きなため息と、かん声と、はく手が、耳にまだ残っていた。

七．柿

秋ばれのある日曜日のことだった。

勉強のひとやすみに、にわに出ると、サヤちゃんとチエが柿の木をみあげていた。赤く色づいた柿の実が、青空にはえていた。

「取ってやろう」

と、ぼくは木にのぼった。

「おにいちゃん！　わたし、しっかり受けとるからな」

「ようし、行くぞ！　一つ……、ほら！　二つ……」

とチエに投《な》げわたした。らんぼうなやり方のようだが、チエもぼくもけっこう好きなあそびの一つにしていた。

「サヤちゃんもやってみない？」

「できるかなあ……」

「だいじょうぶ、おにいちゃんが上手に投げてくれるから……。おにいちゃん！　こんどはサヤちゃんに……」

「オッケイ！」

と、つぎの柿の実に一歩近づいたとき、足がすべったのだ。


……


落ちたところは、さいわいにも草が深くおいしげっていて、クッションになってくれた。

あわてて立ちあがっておどろいた。目の前にサヤちゃんが立っていたのだ。なきそうな顔をして……。

バツのわるいおもいでいっぱいのぼくは、だまってサヤちゃんの手をつかみ、土手をよじのぼった。

上でみていたチエが、

「ビックリした！　サヤちゃんがアッ！　というまにすべりおりた……にん者《じゃ》の早わざみたいに……」

と目をまるくしていた。

サヤちゃんがきまりわるそうにニッコリしたが、目になみだがうかんでいた。

「ごめん！　心配させて……。このことは、ぼくらだけのないしょにしてくれよな。かあさんが心配して木にのぼったらあかん、というたらこまるからな」

サヤちゃんもチエもうなずいてくれた。

八．山のあなたの

よく年の二月、ぼくはめざす中学校に合格することができた。

「お守りのおかげで、がんばれたんだ。ありがとう。つぎはサヤちゃんの番だから、これかえすよ」

「いいの……わたしは受験がないから……タカシさんがずっともっていてくれるほうがいい」

「じゃあ、これはサヤちゃんと思って大切《たいせつ》にするよ」

「ありがとう」

「これから山に行きたいんだけど、いっしょに行かないか？」

「山のぼり？」

「いや、山というても低い里山だよ」

「おにいちゃん、行こう行こう。久しぶり……サヤちゃんをあんないしてあげたい……」

するとと母がいった。

「今日はゆっくり行っといで……カタクリの花がさいているかもしれんよ……」

「えっ！　カタクリの花？」

それをきいて、サヤちゃんが目をかがやかせた。そのわけは、あとでわかったのだが……。

里山は段々《だんだん》畑からはじまる。

「サヤちゃん、見て見て！　ここからみおろすと、きれいと思わへん？」

「ほんと、きれい！　しまもようが……」

「れんげがさくころは、これが花もようになるんよ」

「見たいわ！」

「そのころにまた来ような……おにいちゃんがいなくても、二人で……」

ぼくは四月から中学校のりょうに、はいることになっていたのだ。

「さあ行こう……つぎはお池、今はしずかで、ただの〝お池〟やけど、かえるの声でにぎやかになるとかえる池、トンボがとびまわるころはトンボ池、すいれんの花がさくとすいれん池って名前つけてん」

「すてき！」

「お兄ちゃん！　かえるとトンボの種類《しゅるい》、いくつあったっけ？」

「ぼくがしらべたところでは、かえるが三種類、トンボが五種類だけど、もっといると思うなあ……。」

「ちかくにこんな場所があっていいな、わたしおばちゃんの子どもになってよかった！」

「まだまだ、いいところがあるよ……つぎは見はらし台……」

「きれい！　とおくの山が……」

見はらし台でサヤちゃんが感動の声をあげた。

そこはいつも、〝山のあなたの空とおく……〟というドイツの詩人《しじん》カールブッセの詩をおもいうかべる場所なのだった。

　すると、とつ然《ぜん》サヤちゃんがいう。

「〝山のあなたの空とおく〟ていう詩を思いだした！　おかあさんのノートに書いてあったの……」

「おかあさんのノート？」

　とチエがきく。

「おかあさんが入院《にゅういん》するときにくれたノートなの。『もうかえってこれへんかもしれんから、大事なこのノートをサヤにゆずるわ。大きくなったらよんでね』って……。この詩はかあさんが好きやったのにちがいない、と思っておぼえたの……。『山のあなたになお遠く、さいわいすむと人のいう』というところに赤線がひいてあって、なおのところはとくに、赤線でかこってあるの……」

「そのノート、いつか見せてな」

　とチエがいった。

九　カタクリの花

　ぼくたちは雑木林《ぞうきばやし》にはいって行った。

　芽《め》ぶき前の林の道には、早春《そうしゅん》の日ざしが落葉《おちば》の上にあたたかくたまっていた。落葉をふみしめていくと、小鳥が二、三羽、目の前からとび立ち、はだか木のこずえをたくみにすりぬけて空に消えて行った。あとはシーンという音がするほどしずかだった。

「こんな道、大好き！」

サヤちゃんがいう。

「新緑《しんりょく》になると、もっとすてきな道になるんよ。そのころにまた来ようよ。おにいちゃんもいっしょやったらええのにな……」

「うん」

とサヤちゃんがうなずいた。

「五月の連休にかえってくるから、いっしょに来るよ」

そのときサヤちゃんが立ちどまった。

「あんな花が……」

と指さす。

「カタクリだよ」

「あれがカタクリ？……」

サヤちゃんがカタクリの花をじっと見つめた。ぼくは思わず、

「取ってやろう……」

と、枯れ草の中にふみこんだ。とたんに足をとられて前のめり……、草の中に手をついてしまった。

「いたいっ！」

思わず大声が出てしまった。

「タカシさん！」

「おにいちゃん！」

かけよった二人の前で、ぼくの手のひらから血が流れだ

した。

チエがオロオロする。サヤちゃんがすばやくハンカチをとり出して、きずぐちを押《お》さえてくれた。

「なあに、これくらい……」

ぼくはつよがりをいったが、二人の前でまたもや失敗したのがショックだった。

「すぐおうちへかえって消毒《しょうどく》をしてもらわないと……」

サヤちゃんにいわれて、すぐかえることにした。

その道すがら、サヤちゃんがつぶやいたのだ。

「かみさまが、『カタクリはここにさいているのがいちばんいいのですよ』と、おつげになったような気がする……」

と。ぼくは胸をつかれた。

――そうだ！　カタクリはつみとるような花ではなかったのだ――

手当てをしてくれる母に、チエとサヤちゃんがせわしく話しかけていた。

「かあさん！　カタクリがちょっとさいてた」

「よかったな」

「おばちゃん！　タカシさんがわたしにカタクリの花を取ってあげよう、といってけがをしたの。ごめんなさい」

「あらあら、サヤちゃんがあやまることなんかないわ。タカシがうっかりしてたせいなんや。あのへんはイバラやツル草や切り株《かぶ》やら、あぶないものがいっぱいあることをよう知ってるはず……それに、取ろうなんて思うのがわるかったんや」

ぼくは何もいえなかった。

「かあさん、サヤちゃんがいうたんよ――かみさまが『カタクリはここにさいているのがいちばんいいのですよ』って、おつげになったような気がするって……」

「サヤちゃんらしいなあ」

母は、ほうたいをまきながら、楽しそうに話していた。

十．かあさんのノート

中学校にはいる前に、また山へ行った。

「ちょうどカタクリの花どきよ……」

と母がいう。

「この前はおにいちゃんのけがで、いそいでかえってきたし、今日こそ……」

とチエが。

「わたし……」とサヤちゃんが身をのり出して、

「カタクリの花をゆっくり見たい。それから雑木林のもっと向こうにも行きたい」

といった。

雑木林が芽ぶき、カタクリの花がそこここにさいていた。

「よかった！　かあさんのノートのなぞのことばがわかった……」

「なぞのことば？」

とチエがきいた。

「おかあさんがくれたノートの最後《さいご》のページに〝カタクリにあいたい〃って書いてあったの。わたしにはなぞやった……かあさんはカタクリの花をみたいとおもってたけど、病気になって、のぞみをなくした。それで、わたしがカタクリの花にきょうみを持って、どこかで出会ってくれるといいな、というゆめをこめたことばやったのよ。わたしがここでカタクリに出あえて、好きになれて、ほんとうによかった。ありがとう」

「感動するなあ」

チエがいった。

十一．カタクリ粉

五月に、中学生としてはじめて家にかえった。

「おにいちゃん！　ちょっぴり大人に近づいた感じ……」

「タカシさん、ちょっとまぶしい！」

ぼくは、少し成長《せいちょう》した姉妹に迎えられたような気がした。

「おにいちゃん！　約束おぼえてる？」

「ちゃんとおぼえてるよ。行こう！」


雑木林が新緑にあふれていた。

「あー、空気がみどりいろ！」

とサヤちゃんがよろこぶ。あらためてぼくも新緑のきも

ちよさにひたっていると、

「あっ!　カタクリがない!」

サヤちゃんがかなしそうな声を出した。

「カタクリの季節は終わったんだ」

「枯れてしまったの?」

「枯れてるように見えるけど、根はずっと生きているんだよ。来年になると、また芽が出て花がさくんだ」

「サヤちゃん、カタクリは一年きりの花と思った?」

「うん……でもうれしい!　来年も、さ来年も、また会えるのね。カタクリの花がもっと好きになれたわ」

「ところで君たち、カタクリ粉《こ》って知ってるだろ?　むかしカタクリの根から作ったからついたなまえなんだって……今はジャガイモのでんぷんだけど、なまえはカタクリ粉のままなんだ……つまらん話かな?……」

「ううん、カタクリのことなら、なんでも話して」

とサヤちゃんがいった。

雑木林が終わると、山ゆりのさく谷間がひらけ、その先は一年中ひんやりするすぎ林につづき、だらだら下り坂になって、里山は終わっている。

十二、山ゆり

夏休みになった。

二ヵ月あまりあわないあいだに、チエとサヤちゃんの二人はまた成長していた。サヤちゃんは日やけして、すっかり田舎の子になっていた。

三人で里山めぐりをした。

お池はスイレン池になって、トンボもとびはじめていた。雑木林のさわやかなみどり、みはらし台からの美しい山なみ……そこにあるのが当然のように思っていた風景が久しぶり、といっても四ヵ月ぶりにながめると、とても大切なものと思えるのだった。山ユリの花も、その大切なものの一つだった。

「サヤちゃん！　この谷間にユリがたくさんさくんよ」

「あっ！　あそこに……」

山ユリの花を先にみつけたのは、サヤちゃんだった。ユリはチエの好きな花で、いつもこの谷間でつんでいたのだが、今年からつまないという。もう子供じゃないから……とでもいうのか、とおもっていると、

「ここでさいているのがいちばんきれいだから……」

といった。

十三、妹

お盆がきた。サヤちゃんはおばちゃんと京都へお墓《はか》まいりに出かけて行った。

サヤちゃんのいないあいだ、ぼくもチエも、なぜかボヤーと気がぬけていた。サヤちゃんは知らぬまにぼくたちにとって大切な子になっていたのだ。

「おにいちゃん！　サヤちゃんにあのノートを見せてもろた。むずかしい言葉とか、詩とか、いっぱい書いてあった。その中で〝山のあなたの〟という詩、わたしもおぼえたよ。それで……サヤちゃんがいうた……『わたしが死んだらこのノートはチエちゃんにあげる……大切な妹やから』って。わたしうれしかった。妹というてくれて……そやけど、サヤちゃんが死んだらノートをもろうても、うれしくないよ。サヤちゃんが死んだらいややや」

「今からなんでそんな心配をしてる？　それはずーっとずーっと先のことやないか」

「そうやな。ずーっと先の……」

　ぼくたちは、なぜサヤちゃんの死のことを話していたのだろう。

　まるで思いがけぬできごとの前ぶれのように……。

十四．死

　それは本当に思いがけぬできごとだった。

　二学期の中間テストが終わった日、ぼくは先生からよびだしを受けた。

「君、大切なしんせきの方が重病《じゅうびょう》だからと、ご両親《りょうしん》から帰《き》省願《せいねがい》がとどいたんだ。すぐにかえってあげなさい」

「だれのことか、わからないですか？」

「しんせきというだけで……」

　先生がこんなじょうだんをおっしゃるはずはない……ぼ

くが不安をつのらせつつかえってみると、母がいきなり、しがみついてきた。

「タカシ！　サヤちゃんが……」

「え？　サヤちゃんが重病？」

母が首をよこにふった。

「亡くなったの……」

「うそだ！　おかあさんぼくをからかっているんだろ？」

「からかいやったら、どんなにええか……」

がっかりした声だった。

「あんなにげんきだったのに、どうして？」

「かぜから肺炎《はいえん》になって……となり町の病院へ入院したけど手おくれやった……。おばちゃんが『私のせいや』というて落ちこんでるの、すぐ行ったげて……」

おばちゃんはぶつだんの前に、しょんぼりとすわっていた。

声をかけると、パッ！　と立ちあがってきてぼくをだきしめた。

「タカシさん、ようかえってきてくれたなあ……」

あとはことばにならなかった。

ぼくはだまってだきしめられていた。

「サヤが最後に、『タカシさん』ってつぶやいたん……何をいいたかったんか……」

それをきいて、ぼくは胸がキューン！　とくるしくなった。

チエが見あたらなかった。

ぼくは一人お墓に向かった。かぜが身にしみてせつなかった。

ま新しいソトウバに、〝サヤ童子《どうじ》〟の字を見たとき、こらえていたなみだがあふれ出た。

「なんで……そんなに……いそいで、死んじゃったんだよう――」

なきながらさけんだ。

それから長いあいだ、ぼくはその場に立ちつくしていた。

「おにいちゃーん！」

チエがかけつけてきた。

「かあさんが、『タカシがかえってきてお墓に行った』っていうから……おにいちゃん、びっくりした？　こんなこと信じられる？　おばちゃんが『サヤちゃんにたのまれていた』というてノートをくれたけど、もうノートはいらん」

チエがなき出して、ぼくもまた、ないた。

お墓からのかえり道、ぼくはだまってあるいた。サヤちゃんがヒョッコリとあらわれるような気がした。

チエも、だまってあるいていた。ないていたのだ。

十五．宿命

その夜ぼくは、以前サヤちゃんが話してくれたことを思いだした。

「おかあさんが死んだ日、ないてないて、やっとなみだがかれたときに、おとうさんが宿命《しゅくめい》の話をしてくれたの。だれでもうまれてくるときにかみさまから宿命というものをもらってくる……それは、人それぞれちがうもので、だれにもわからんし、だれにもかえることができないものだ。おかあさんは今日死ぬという宿命をもっていたんだ。サヤにはまだわからんかもしれんが、だんだんわかってくるだろう……って。でも、わかりたくなかった」

そのことを思いかえしてみた。

サヤちゃんは、わずか十二歳で死ぬという宿命をもっていたのか？　あんないい子に、そんな宿命が……なっとくできない……。

かんがえると、ねむれなかった。

十六、天使

つぎの休日《きゅうじつ》に帰省したとき、チエがしょんぼりしていた。

「どうした。まだ元気がでないか？」

「サヤちゃんのことをかんがえてんの……あんな元気で、いい子がなんで死んだんかと、くやしくて……」

「元気な子どもは死なないなんていえないよ。人はみな、いつ死ぬかわからんよ……」

「いつ死ぬかわからんのに、なんで苦労《くろう》して勉強するんだろ……」

「勉強の目的《もくてき》か……。それは生きがいになるものをみつけるため……じゃあないかな？　だれでも生きがいのあることをみつけなくちゃ……」

「サヤちゃん、生きがいのあるものみつける前に死んじゃって、かわいそう……」

「ぼくはかわいそうじゃないと思うよ……きっと十二歳なりの生きがいがあったと……」

「どんな？」

「子どものいないおばちゃんにみじかいあいだでも子どもになってよろこばせてあげただろ？　それから、まわりの人にやさしさをくれた……」

「うん。サヤちゃんがそばにおっただけで、やさしくなれたなぁ」

「それから、田舎の良さを気づかせてくれた。ぼくらずっと田舎にくらしていると、良さに気づかないでいるんだよ」

「サヤちゃんは『田舎ってええなあ』ってようううてた。わたし、こんなことがええの？　って思ったことがたびたびあった……」

「だろう？　それにもう一つ大きなことがあるんだ」

「なに？」

「死、ということを、しんけんにかんがえさせてくれたことだよ」

「そうや、わたしも今まで死のことをまじめに考えていなかったし、それに子どもは死なへんと思ってた……」

「そうだろ？　サヤちゃんは十二年しか生きなかったけど、いろいろといいものをのこしたんだ。ちゃんと生きがいのある十二年だった。ぼくはちかごろやっと納得《なっとく》できたんだ」

ぼくはチエにだけでなく、自分にもいいきかせた。

「おにいちゃんにききたいんだけど、サヤちゃんは初恋の人やったん？」

「うーん……。そうだったな……ぼくはサヤちゃんが死んでからはっきりさとったんだけど」

「サヤちゃんは、ずーっとはじめからおにいちゃんを好きやったと思う、ぜったいに……」

「……ぼくは今ね、サヤちゃんは天使《てんし》だったと思ってるんだよ」

「えっ！　天使？」

「天使がみじかいあいだ、サヤちゃんという子どもになって、この世に来ていた……そしてまた、もとの天使にもどっていった、と……」

「初恋の人が天使！　ものがたりみたい……」

十七．変身

その年の五月に帰省して、山に行こうとしていると、チエが、

「カタクリをみに行こう」

という。

「カタクリは今ごろさいてないよ」

「さいてなくてもええの。あそこでサヤちゃんのこと、おにいちゃんといっしょに思いだしたいだけ……」

「このごろぼくは、小鳥がとんでるのをみて、あっ天使がとんでる……サヤちゃんか？　とふと思うときがあるんだよ、笑うだろ？」

「笑わへんよ、わたしサヤちゃんが死んでまじめにんげんになってるから」


雑木林の中で、チエがとつ然《ぜん》立ちどまった。

「見て！　おにいちゃん、カタクリが一つさいてる……」

「あっ！　今ごろふしぎ……」

「天使がカタクリに変身した！」

とチエがいう。

ぼくたちは一つのカタクリをじっとみつめていた。

「サヤちゃん！　わたし、サヤちゃんのぶんも勉強するからね……それからまた、おてんばになる……」

とチエがいった。

著者プロフィール
久保　秋子（くぼ　あきこ）

大正生まれ。

京都府女子師範学校卒業後、小学校に勤務。

のち結婚して、専業主婦に。

長女・長男の成人後、三木隆先生、笠松先生に水彩画を、片山直先生にパステル画を学び、また、朝日カルチャー丸川教室および京都女子大学児童科の童話講座で童話を学ぶ。

平成12年に「花～追憶と幻想と～」出版（小社刊）。

現在、ファンタジック水彩画教室で、新しい花の描画を勉強中。

滋賀県草津市在住。

童話集　花ものがたり

2003年6月15日　初版第1刷発行

著　者　久保 秋子
発行者　瓜谷 綱延
発行所　株式会社文芸社
〒160-0022　東京都新宿区新宿1-10-1
電話　03-5369-3060（編集）
03-5369-2299（販売）
振替　00190-8-728265
印刷所　東銀座印刷出版株式会社

ISBN4-8355-5696-8 C8093